Het Grote Avontuur van Kasp de Rasp

Mark Dantzler

Illustraties door
Julia Pelikhovich

Het Grote Avontuur van Kasp de Rasp
Copyright © 2022 door Mark Dantzler
ISBN 9781645384267
Eerste editie

Het Grote Avontuur van Kasp de Rasp
door Mark Dantzler
Nederlandse vertaling door Debby de Kock
Geïllustreerd door Julia Pelikhovich
Omslagontwerp/typografie door Kaeley Dunteman

Voor informatie kunt u contact opnemen met:

www.orangehatpublishing.com
Waukesha, WI

For Cindy

Of chocolate tortes and rugelach treats;
Hot icing on scones–such decadent sweets!
For butterhorn crescents rolled out with care;
Her kitchen is proof a baker lives there.

De magie van de
kerstvakantie bracht
Kas naar zijn nieuwe
thuis. De jonge rasp was
ingepakt in een feestelijk
rood wit gestreepte
kadoverpakking en
begraven tussen de
kadoos onder een
prachtige kerstboom. Hij
had opdracht gekregen
om tot kerstochtend te
stil te zijn.

Kas wilde graag zijn
betrouwbaarheid
bewijzen, maar hij merkte
dat hij hardop neuriede
bij de vrolijke kerstliedjes
die door het hele huis
werden gezongen. In
de hoop dat hij zich bij
het vele keukengerei
in de keuken van Chef
mag voegen, maakte
Kas zich zorgen dat hij
zou worden vergeten
tussen de hoeveelheid
indrukwekkende kadoos.

Kas was een gloednieuwe
rasp: een mini-hand-
rasp, om precies te zijn.
Hij gaf echter niets om
de titel mini. Voor zover
hij wist, was hij niet
klein. Trots gemaakt te
zijn in Amerika, werd
Kas geleverd met een
roestvrijstalen mes
bedekt met kleine
snijgaatjes. Zijn
onderste helft was
bevestigd aan een zwart
plastic handvat.

Kas was ervan uitgegaan
dat hij goedkoop was
omdat de woonwinkel
waar hij was uitgestald
hem had geadverteerd
als een onmisbaar
schoenkadootje. Zijn
verpakking beschreef
hem als veelzijdig en
duurzaam, hij hoopte
dat dit waar was. Als
een beginnend stuk
keukengerei in een echte
keuken, wist Kas niet
helemaal zeker wat het
werk van een rasp inhield.

Kerstmis kwam en Kas werd
eindelijk uitgepakt, zodat
hij een eerste glimp van zijn
nieuwe huis kon opvangen.
Hij leerde al snel dat elk
handig stuk keukengerei
een uniek keukendoel had.
Het gerucht ging dat alle
nieuwkomers op een van
de twee plaatsen zouden
wonen: de "Elke dag lade",
een vrolijke plek voor
nieuwe en nuttige items, of
de "Hebbedingendoos", een
mysterieuze doos die wordt
gebruikt om ongewenst
keukengerei op te bergen.

Deze onheilspellende plek waar last-minute geschenken, gadgets en hebbedingen voor altijd in verdwenen, bevond zich in de oude voorraadkast! Kas verlangde ernaar om nuttig te zijn en zijn ware keukendoel te begrijpen.

De keuken van de chef was zonovergoten en groot. Aan de ene kant was er een glanzende dubbele oven met slimme knoppen, wijzerplaten en een digitale timer. In het midden van de keuken stond een indrukwekkend kookeiland met daarop allerlei kruiden zorgvuldig gerangschikt. Sommigen van hen waren uit exotische oorden gereisd en hadden indrukwekkende etiketten, zoals dragon, marjolein en basilicum.

Aan de andere kant van de keuken stond een grote houten ontbijttafel. Op een gegeven moment hadden zijn vier vermoeide poten plichtsgetrouw gediend als krabpalen voor de huiskat. De vloer was schoon, met een patroon van vierkante witte porseleinen tegels die handgemaakt waren in een ver land dat Italië heette.

Elke ochtend werd de keuken van Chef wakker met een caleidoscoop van uitnodigende bezienswaardigheden, geuren en geluiden. Grootouders verzamelden zich om onder het genot van iets pittigs met elkaar te roddelen. Potten en pannen kletterden constant terwijl amateurkoks met elkaar in botsing kwamen. Er werd geroerd, gemorst, gezeefd en geschept uit blikken voorraadbussen boordevol suiker en zeezout. Stapelwolken meel streken zachtjes neer op nietsvermoedende werkbladen. Kleine sneakers piepten terwijl kinderen andere kinderen achtervolgden. Een welkome geur van boterachtig vers gebakken brood, geserveerd met potten jam en gelei. Muziek en gesprekken zorgden voor uitbarstingen van gelach uit alle hoeken. Deze keuken was zo vol liefde en leven— het is precies waar Kas moest zijn!

Chef-kok was de vrouw des huizes. Een lange, mooie vrouw met piekerig, golvend haar, ze was verantwoordelijk voor het reilen en zeilen in de keuken, maar het creëren van nieuwe gerechten was haar favoriete tijdverdrijf. Familie, vrienden en smaakvolle geuren bezochten de feestkeuken; het was waar Chef met veel plezier haar culinaire talenten demonstreerde.

Vastbesloten om te leren hoe belangrijk het is om een rasp te zijn, nam Kas de moedige beslissing om zijn nieuwe huis verder te verkennen. Toen de keuken van Chef voor de avond gesloten was, glipte hij in het geheim weg van het andere slapende keukengerei in de "Elke dag lade".

De warme, zoete geuren van citrus en versgebakken taartbodems vermengden zich nog rustig boven het donkere gasfornuis. Voorzichtig bewegend langs een maanverlichte marmeren aanrecht, ontmoette Kas een verzameling keukengerei die na sluitingstijd een praatje maakten.

"Hoe gaat het met u?" Vroeg Kas aan de Grote Rasp, het grootste lid van de groep.

"Met mij gaat het heel goed. Je bent duidelijk nieuw hier, anders had je dat al geweten." Grote Rasp was 100% roestvrijstaal en stond volledig op zichzelf. Hij had indrukwekkende, scherpe gaten aan alle vier de kanten en kon forse voedingsmiddelen zoals aardappelen en partjes stinkende kaas in lange linten of slierten snijden.

Grote Rasp was groots en zelfverzekerd. Tijdens drukke kookweekenden keerde hij soms niet eens terug naar de "Elke dag lade", maar bleef hij een nacht naast de snijplank van de chef staan. "Jouw gaatjes lijken heel klein. Schaam je je voor hen? En waar sta je precies naar te staren?"

Kas had niet onbeleefd
willen zijn, maar er
droogde een beetje eten
boven een van Grote
Rasp voorste gaten, en
hij vond het heel moeilijk
om weg te kijken. "Je
hebt iets oranjes daar
zitten, dat zit daar
gewoon vast. Ik denk dat
het cheddar is."

"Hij heeft gelijk. Het
is cheddar!" krijste
Hakselaar. Rasp zag er
minder glanzend uit en
trok zich terug naar
de achterkant van de
van de groep, waar hij
verwoed friemelde om
zich te bevrijden van
het etensrestje.

Hakselaar leek veel
breder dan Kas en had
een mooie handgreep
gemaakt van volledig
natuurlijk hout. "Ik ben
geïmporteerd, weet
je. Ik werd in massa
geproduceerd in een
fabriek in Taiwan en
ik heb een verlengde
garantie. Weet je
eigenlijk wel wat dat is?"

Kas bloosde en vroeg
zich af of hij ook ergens
een garantie had liggen.

"Ik geloof het niet.
Maar het klinkt
ongemakkelijk," besloot
hij rustig. De Hakselaar
kromp ineen. De mooie
kleine Dunschiller
giechelde om deze
onverwachte reactie.

Dunschiller was de stilste van de verzameling keukenhulpmiddelen, maar ze was helemaal niet saai. Ze kon met één mes brede reepjes schil van groenten zoals wortelen of komkommers verwijderen en ze was bijzonder trots op haar prominente plek. "Ik heb mijn hele leven al in de Elke Dag lade gewoond," glimlachte ze.

Proberend rechtop
te staan tussen
de rest van het
keukengerei stond het
wiebelende Pastawiel.
Ze had een mooi,
gegolfd wiel van echt
messing! Pastawiel
rolde graag lui door
lange deegvellen
en perfectioneerde
precieze patronen
van pasta voor Chef's
lasagne en ravioli.

Pastawiel geloofde
dat ze misschien
glutenvrij was, hoewel
ze niet precies wist wat
dat betekende. Kas
vertelde beleefd dat hij
ook dol was op pasta en
erg blij was met haar
kennis te maken.

Een vreemde geur zorgde
ervoor dat Kas zich op tijd
omdraaide om Knoflookpers
van achteren te zien
naderen. Knoflookpers
was gewoon KP voor zijn
vrienden en was een slank
handgereedschap dat
beroemd was om het persen
van scherpe, vlezige pasta
van teentjes knoflook.

Gemaakt van een stevige, gegoten constructie, hielp KP Chef met het bereiden van hart-gezonde maaltijden. "Mijn ergonomische ontwerp maakt me een genot om te gebruiken. Bovendien ben ik vaatwasmachinebestendig!" reciteerde hij uit het hoofd.

"Ja, we weten het allemaal," blafte Blikopener. "Als je nou eens iets aan die geur zou kunnen doen!"

Met zijn luidruchtige mechanische onderdelen dacht Kas dat Blikopener misschien wel het meest intimiderende keukengerei van allemaal was. Als er elektrische stroom door hem liep, kon Blikopener zonder een enkele pauze dwars door de bovenkant van metalen blikken kauwen. Nieuwsgierig naar meer, vroeg Kas, "Wat kun je doen als je niet bent aangesloten?"

De bende trok zich stilletjes terug van de naïeve Rasp. Blikopener evalueerde Kas even defensief, misschien in een poging vast te stellen wie dit slimme jonge apparaat had gestuurd om hem te vernederen. "Ik zat een keer bijna in een tv-commercial," kaatste Blikopener terug. "Jij ziet er niet elektrisch uit voor mij. Waar is je snoer, man? Wel, jij bent gewoon een hebbeding. Jij hoort thuis in de Hebbedingendoos!"

Een laag, hijgend geluid weergalmde snel door de donkere keuken. Daar was het—het onuitsprekelijke was gesproken. Blikopener had er meteen spijt van dat hij het had gezegd, maar hij kon het niet terugdraaien.

"Het zal niet lang meer duren voordat hij voor altijd in de Hebbedingen doos zit," fluisterde de verzameling keukengereedschap. Vanaf dat moment hielden veel van de keukenhulpmiddelen een deegvormer afstand van Kas.

Terug in de overvolle
"Elke Dag lade", maar zich
helemaal alleen voelend,
probeerde Kas zijn
confrontatie met Blikopener
te vergeten. In plaats
daarvan stelde hij zich zijn
eerste belangrijke opdracht
voor. Vol verwachting
speurde hij in gedachten
de keuken af en probeerde
te voorspellen wat die
speciale keukenopdracht
zou kunnen zijn.

Zijn gedachten bleven hangen bij een prachtige keramische kom bij de gootsteen. Die was gevuld met verse sinaasappels en citroenen. Misschien zou de Chef met Kas beginnen met iets eenvoudigs, zoals één of twee sinaasappels raspen om een zoet glazuur te maken voor een paar ontbijtscones. Misschien zou hij de taak krijgen om een half dozijn citroenen te raspen voor een fijne desserttaart of een cheesecake.

Herinnerde hij zich niet
ook een voorgevormd
bakblik voor het maken
van madeleines? Ja, dat
moet het zijn; hij kon ze al
ruiken. Kas zou de leiding
hebben over het maken
van een dozijn heerlijke
madeleines! Kon hij maar
zeker weten hoe hij zulke
dingen moest doen. Zou
Kas op tijd zijn ware
keukendoel ontdekken,
of een ellendig leven
in de hebbedingendoos
doorbrengen?

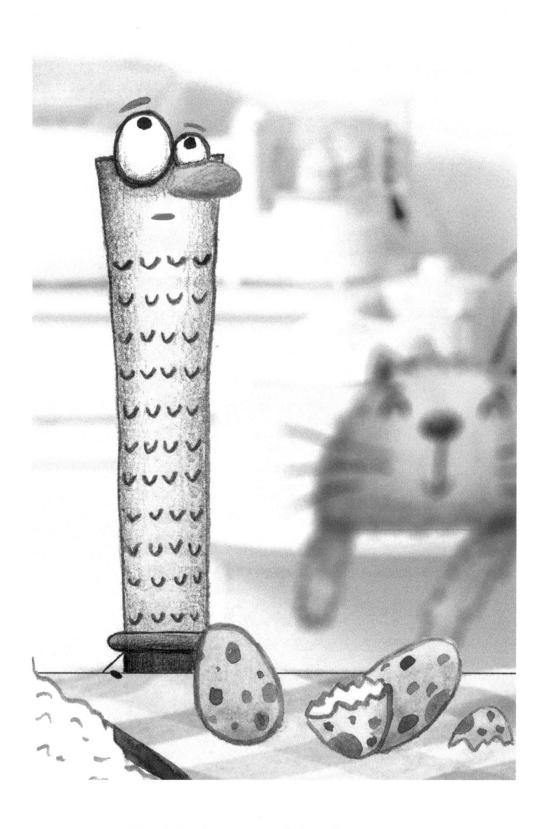

Kas werd de volgende ochtend wakker en voelde zich angstiger dan ooit. Een vriendelijke plastic Spatel luisterde geduldig terwijl Kas vertelde over zijn tegenslagen van de avond ervoor. Hij sprak enkele troostende woorden. "Misschien begrijp je je doel nog niet, maar je bent hier nu. Dat is een fatsoenlijk begin. Als ik jou was, zou ik eens praten met de oude Handmixer. Hij heeft langer in de keuken geleefd dan wij allemaal, en hij is erg attent. Je vindt hem een kast verder."

"Dank u meneer. Hoe lang duurde het voordat jij je keukendoel vond?"

"Dat was makkelijk," glimlachte Spatel met zijn slanke figuur. "Ik ben een spatel! Je weet wel: roeren-linksom-rechtsom, roeren-rechtsom-linksom, de hele dag door. Nou, ga maar gauw."

Omdat hij geen moment wilde verliezen, liep Kas op zijn tenen langs een slapende Vleeshamer en langs een paar kletsende eetstokjes totdat hij vrij was van zijn plek in de la. Hij klopte zachtjes op het naastgelegen kastje voordat hij naar binnen ging.

Handmixer kwam vele vakanties eerder in de keuken wonen, een geschenk van de grootmoeder van Chef. Nadat hij enige tijd geleden zijn fijne metallic verf afwerking had verloren (omdat hij al zo lang zo nuttig en zo geliefd was), woonde Handmixer nu in een kleine kast die was gewijd aan klassieke, geliefd keukengerei. Van al het keukengerei werd hij gerespecteerd als slim en wijs. Hij begroette Kas met een volwassen gezicht en een bedachtzame glimlach.

In de hoop antwoorden te krijgen op vele vragen, vergat Kas even zijn manieren. "Handmixer, ben ik modern? De laatste tijd vraag ik me af of ik geen stekker zoals Broodrooster, of een draaiend mes zoals Blender, moet wensen." Hij merkte toen dat Handmixer ook geen van deze dingen had.

Handmixer keek vriendelijk naar Kas en zijn ongeduld. "Wat is de vraag die je echt wilt stellen?"

Kas sloot zijn ogen en probeerde zichzelf in bedwang te houden. Ergens binnenin hoorde hij zijn stem ontsnappen als een fragiel gefluister: "Ben ik gewenst?"

Mixer glimlachte. "Je bent speciaal zoals je bent, Kas. Een mini rasp heeft veel te bieden. Je hebt niet voor niets kleinere gaten gekregen. Hiermee kun je mooie, fijne en delicate dingen maken, zoals fluweelzachte krullen die subtiele aroma's en smaken vrijgeven. Je unieke tanden zullen Chef helpen om luchtige, schilferige texturen te maken van kaneel, nootmuskaat, citrus en chocolade. Ze zou deze belangrijke taken aan geen ander gereedschap toevertrouwen. Dit is je keukendoel, Kas. Je hebt geen beweegbare delen of een glimmend handvat nodig om van belang te zijn. Je bent mooi en geliefd om je eenvoud."

Kas dacht even na over Handmixers woorden. "Ik ben dol op chocolade," mijmerde hij. "Maar...zal er genoeg ruimte voor mij zijn om voor altijd in de Elke Dag lade te leven?" vroeg hij bezorgd.

"We zijn allemaal verschillend, maar er is ruimte in de keuken voor een ieder van ons. Chef heeft al een plekje voor je vrijgemaakt." Toen hij dit hoorde, was Kas enorm opgelucht.

Kas dacht wat verder na. "Maar wat gebeurt er met degenen die zijn weggestuurd om in de Hebbedingendoos te leven? Bestaat zo'n vreselijke plek echt?"

"Ieder van ons moet de ware aard van zijn nut bepalen, de reden van ons bestaan. Wat zullen onze unieke bijdragen aan de keuken zijn? Chef sorteert niet het ene gereedschap van het andere, Kas. Uiteindelijk sorteren we onszelf, afhankelijk van of we geloven of niet. Een Hebbedingendoos, of zelfs een Elke Dag lade, is tenslotte niet echt een plek. Dit is gewoon een gemoedstoestand. Als we geloven in wat we kunnen (of niet) kunnen, kiezen we ook onze plek in de wereld. Dit is veel voor een jong stuk keukengerei om over na te denken. Begrijp je het, Kas?"

"Ik denk het wel. Maar wat weerhoudt sommige stukken keukengerei ervan om te geloven?"

"Afgunst en spijt, vooral. Deze zijn als ongewenste ingrediënten. Als je niet oppast, zullen ze zichzelf onthullen en alles wat je hoopt te creëren bederven." Kas kon zich niet herinneren deze dingen in de keuken te hebben gezien, maar hij maakte een notitie voor zichzelf om ze in de toekomst te vermijden. "Je bent een rasp met veel potentie, Kas. Het is nu aan jou om de allerbeste te worden die je kunt zijn."

Die nacht sliep Kas voor
het eerst goed, sinds
zijn aankomst bij de
Chef thuis. De volgende
ochtend vroeg werd
zijn aanwezigheid in
de keuken gevraagd,
ongetwijfeld voor iets
geweldigs! Gedurende
vele komende feestdagen
zou Kas zich geliefd en
nuttig voelen.

Toen hij eenmaal in zichzelf
had leren geloven, geloofde
de rest van de keuken ook in
hem. Kas was blij dat hij de ware
betekenis van een mini-rasp
had ontdekt en zoals Handmixer
had beloofd, was er in de
keuken ruimte voor elk stuk
keukengerei. Geen van hen was
precies hetzelfde, maar toch
hoorden ze allemaal bij elkaar.
Kas leefde zijn leven met een
doel en haalde het meeste uit
zijn raspavonturen!

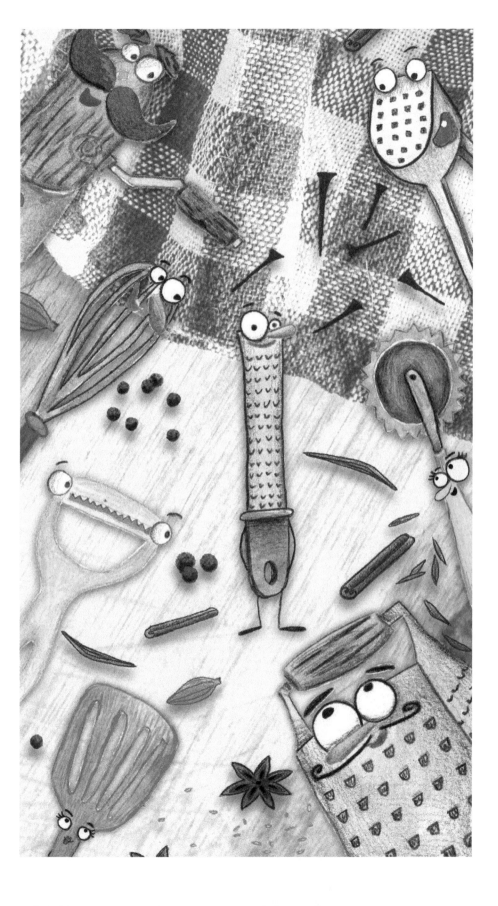

Kas de Rasp heeft een nieuw
avontuur voor de boeg. Heb je een
belangrijke boodschap ontdekt?

Welke belangrijke boodschap heb je ontdekt?

CPSIA information can be obtained
at www.ICGtesting.com
Printed in the USA
BVHW022243280722
643319BV00004B/18